OLAF METZEL

REISE NACH JERUSALEM MUSICAL CHAIRS

PINAKOTHEK DER MODERNE – VERLAG SILKE SCHREIBER

Reinhold Baumstark

VORWORT Als eine „Kathedrale des Lichts" wurde sie bezeichnet, als sie im September 2002 ihre Tore öffnete: die Pinakothek der Moderne, eines der größten Museen Europas für die Künste des 20. Jahrhunderts und der Gegenwart. Helles Tageslicht fällt durch die transparenten Wände der Eingangsbereiche in eine monumentale Rotunde, die von einem mächtigen Rad unter gläserner Kuppel bekrönt wird. Von dieser Rotunde aus, dem Herzstück der Architektur von Stephan Braunfels, führen großzügige Treppenanlagen in die verschiedenen Geschosse.

PREFACE It was termed a "cathedral of light" when it opened its doors in September 2002: the Pinakothek der Moderne, one of the largest museums in Europe for 20th Century and Contemporary Art. Daylight streams through the transparent walls of the entrance area into a monumental rotunda crowned by a mighty wheel under a glass dome. From this rotunda, the core of Stephan Braunfels' architecture, broad stairways lead to different floor levels. The desire arose early on to engage a contemporary artist with the creation of this characteristic stairway area. The decision in favour of a work in situ is more than a additive gesture; it is a deliberate part of the programme. In Olaf Metzel we have an sculptor who has devoted himself to this space with a distinct feeling for the architecture. His work not only lends the new museum a clear-cut accent; it also stands for the freedom that fortunately remains unpredictable in artistic activity.

Schon zu einem frühen Zeitpunkt entstand der Wunsch, für diesen charakteristischen Treppenbereich einen zeitgenössischen Künstler zu beauftragen. Die Entscheidung für eine Arbeit in situ ist mehr als eine additive Geste, sie ist programmatisch. Mit Olaf Metzel hat sich diesem Raum ein Bildhauer mit ausgeprägt architektonischem Empfinden gewidmet. Sein Werk verleiht dem neuen Haus nicht nur einen markanten Akzent, sondern steht auch für die glücklicherweise stets unberechenbare Freiheit künstlerischen Handelns.

Bernhart Schwenk

FESTLICHE WEITE, VERFÜHRUNG DES BLICKS Wie der Fächer eines Riesen öffnet sich die majestätische Treppe ins östliche Obergeschoss hinauf. Mit ihren beeindruckenden fünfundzwanzig Metern Breite am oberen Ende ist sie mehr als nur ein Aufgang. Sie verstärkt den im ganzen Haus herrschenden Eindruck heller, festlicher Weite. Auf dieser Treppe steht im oberen Drittel die sieben Meter hohe Raumplastik von Olaf Metzel.

Schon am Eingang schillert sie den Ankommenden in unterschiedlichsten Farben entgegen, von Neongelb über flammendes Orange und grelles Giftgrün bis Mokkabraun. Ihr Titel: „Reise nach Jerusalem". Das Werk ist speziell für diesen Ort entstanden, und die enge Verbindung mit dem Gebäude und dessen bühnenhafter Ausstrahlung ist offensichtlich.

FESTIVE EXPANSE, SEDUCTION OF THE VIEW Like a giant's fan the majestic stairway opens up onto the upper east floor. The upper end has an impressive width of twenty-five metres, making it more than just an ascent. It intensifies the impression so dominant throughout the building of a festive expanse flooded with light. On the upper third of this stairway stands the seven-metre-high sculpture by Olaf Metzel. Even those only just having arrived are caught as they pass through the entrance by the shimmering range of colours, from neon yellow, blazing orange and glaring bilious green or mocha brown. Its title: "Reise nach Jerusalem" ("Journey to Jerusalem", which is also the name of a children's game known in the English language as "Musical Chairs"). The work was created especially for this location; the close attachment with the building and its stage-like aura is obvious. Like a holy grail, vertical, waved strips of translucent Perspex swirl around a slim

Wie ein geheimnisvoll lockender Gral umspielen senkrechte, gewellte Bahnen aus transluzentem Plexiglas eine dünne Säule auf dem zweiten Treppenabsatz. Die Plastik scheint zu vibrieren, ihre Kunststoffkaskaden verführen zum neugierigen Hinaufsteigen.

Am Morgen lässt das durch ein Ostfenster einfallende Licht die farbigen Kanten des vorhangartigen Gebildes aufglühen wie die Glasfenster einer gotischen Kathedrale. Der spätmittelalterliche Architekturgedanke einer masselosen, lichtdurchfluteten Leere, die in den Farben des „Himmlischen Jerusalem" erstrahlt, kommt einem in den Sinn. Die alten Kirchenräume vermittelten das Gefühl der Grenzenlosigkeit und symbolisierten die Unendlichkeit der Zeit. Das Betreten einer Treppe ließ sich als ein In-den-Himmel-Emporsteigen verstehen.

column on the second half-landing, beckoning surreptitiously. The sculpture appears to vibrate, its plastic cascades seducing the observer to ascend out of curiosity. The light entering the east window in the morning makes the coloured edges of the curtain-like structure glow like the stained-glass windows of a Gothic cathedral. The late medieval style architectural notion comes to mind of a non-crowded emptiness flooded with light, glowing in the colours of "Heavenly Jerusalem". The old church rooms conveyed a feeling of immense boundlessness, symbolising the infinity of time. Stepping onto the stairway could be understood as rising to heaven.

These metaphysical ideas, mixed with moments of the utopian and theatrical, continue to be a source of fascination to this very day and make the museum arise as a wondrous terrain comparable to a "journey" to a country of undreamt-of discoveries. A cathedral and a museum – both are places linked by their participation in a three-dimensional experience in all its entirety and sensuousness.

Diese metaphysischen Ideen, in die sich auch Momente des Utopischen und Theatralischen mischen, faszinieren bis heute und lassen das Museum als ein wundersames Terrain erstehen, vergleichbar einer „Reise" in ein Land ungeahnter Entdeckungen. Kathedrale und Museum - beide Orte verbindet die Teilhabe an einem ganzheitlichen, sinnlichen Raumerlebnis.

BEWEGUNG UND VERWANDLUNG Die ineinandergleitenden Raumfolgen der Architektur von Stephan Braunfels fordern zur Bewegung auf. Auf unterschiedlichsten Ebenen eröffnen sich von Brücken und Balkonen aus immer wieder neue Perspektiven. Der Rundgang, eines der großen Themen dieses Museumsbaus, formuliert das Gegenteil eines streng zielgerichteten Parcours und

MOVEMENT AND TRANSFORMATION The succession of intertwining rooms in Stephan Braunfels' architecture not only demands movement. Bridges and balconies repeatedly open up on different levels and from completely new perspectives. The gallery, one of the largest themes of this museum building, formulates the opposite of a strictly targeted course and encourages mobility. On the steps of the large stairway a communicative atmosphere is conveyed: This is where visitors move rather like in a Greek amphitheatre or on an Italian piazza such as the the one in Siena that is transformed by the annual riding event into a colourful stage decorated with flags and ribbons. Associations are evoked of a completely different place, a place that is not in the least profound or genuine but rather one that presents a pure surface: a Hollywoodesque staircase, a stage backdrop – every-

stiftet an zu Mobilität. Auf den Stufen der großen Treppe vermittelt sich eine kommunikative Atmosphäre: Dort bewegen sich die Besucher wie in einem griechischen Amphitheater oder auf einer italienischen Piazza, etwa der von Siena, die sich beim alljährlichen Reiterturnier in eine bunte, von Fahnen und Bändern geschmückte Bühne verwandelt. Assoziationen an einen völlig anderen Ort werden wach, einen Ort, der ganz und gar nicht tiefgründig oder wahrhaftig ist, sondern die pure Oberfläche darstellt: die Showtreppe à la Hollywood, Bühnenprospekt und reine Kulisse. Die Treppe verkörpert beides: einerseits Erhabenheit, Verheißung, Erlösungsversprechen, andererseits Doppelbödigkeit, eine Vorspiegelung des Falschen, die große Illusion. Plötzlich ist die offene Wei-

Doppelformen, 2000 [S. 14/15] // Skizzenblatt, 2002 [S. 16/17] // Kugelform, 2002 [S. 18/19] // Du und Du nicht, 2000 [S. 20/21] //
Tapete [Detail], 2002 [S. 22/23] // Farbmuster, 2002 [S. 24/25] // Reise nach Jerusalem, 2002 [S. 26/27]

te nicht mehr die überschaubare Welt im Kleinen, sondern ein erschreckender Freiraum, in dem Orientierung gefordert ist und die Menschen auf sich selbst gestellt sind. Hier müssen sie ihren eigenen Standpunkt finden.

Auf diesen vieldeutigen Raum nimmt der Bildhauer Olaf Metzel Bezug, er ist der gedankliche Ausgangspunkt seiner „Reise nach Jerusalem". Die während der Vorbereitung entstandenen Zeichnungen spiegeln eine komplexe und langsame Annäherung. Sie zeigen, dass Überlegungen zur Oberflächenstruktur den Anfang bilden. Doch schon bald nimmt der Künstler das Drehmotiv der Rotunde auf. Immer wieder jedoch kommt er zum selben Punkt zurück,

thing is just make-believe. The stairway embodies both: on the one hand grandeur, great promise, an assurance of redemption, on the other ambiguity, false pretences, the great illusion. Suddenly the whole expanse is no longer the manageable, small-scale world but a frightening open space in which people are forced to find their bearings and are left to fend for themselves. This is a place where they have to seek their own viewpoint. It is this place that Olaf Metzel refers to; it is the intellectual starting point of his "Musical Chairs". The drawings made during the preparation work reflect a complex and slow convergence. They show that contemplation on the structure of the surface forms the beginning. And yet, before long the artist takes on the revolving motif of the rotunda. Again and again he returns to the same point, a form of repetition that also characterises the game. His sculpture plastic yearns to circle around the architectural dynamism, to intensify and interpret it. The upward movement becomes increasingly intensive, a kind of elevator to the present.

eine Wiederholungsform, die auch das Spiel kennzeichnet. Seine Plastik will die architektonische Dynamik umkreisen, steigern und interpretieren. Gleichzeitig soll sie ihrem Umraum mit einer eigenen Geste kraftvoll entgegentreten. Immer stärker wird die Aufwärtsbewegung spürbar, eine Art Fahrstuhl in die Gegenwart.

Sa   So   Mo   Di   Mi   Do

13.3   14.3   15.3   16.3   17.3   18.3

9.30
Courbevoie

Poubelle

Fotos — 11
abour

Zaun.

Zaun?

Contour
Fotos wichtig

Ovale Anschnitte

9.30 C

< 10.3

Mo.
Di.
Mi.
Do.
Fr.
Katalog
Auto
Chauffeur
13.25
Abflug
12.20
13.50
an
Düsseldorf
Fotos?

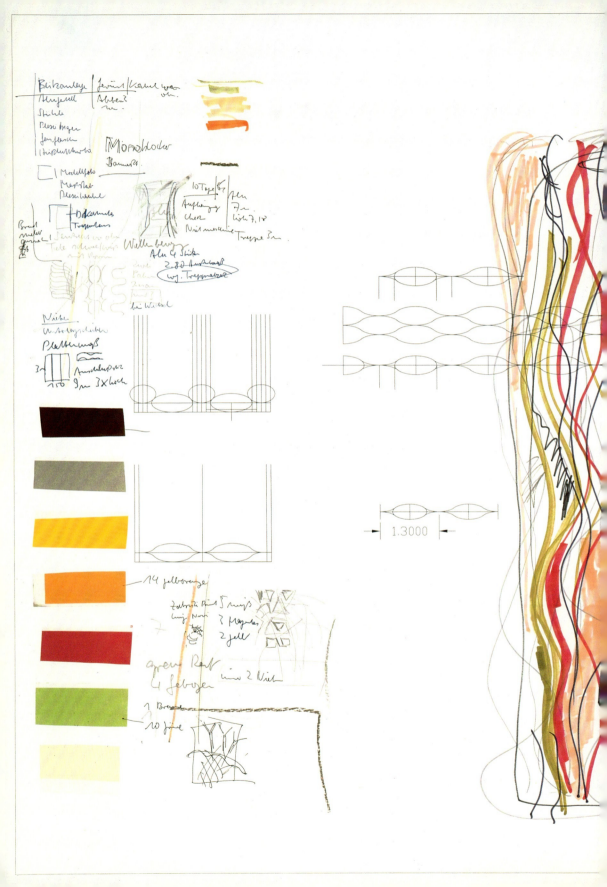

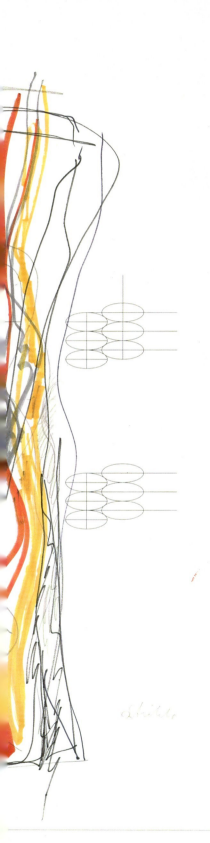

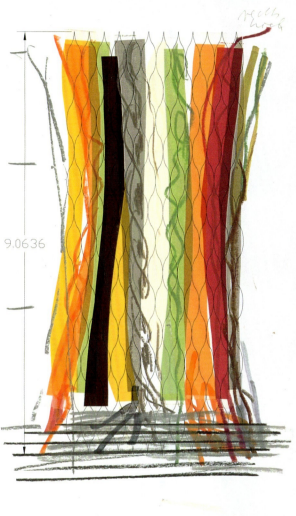

9.0636

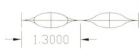

1.3000

FALSCHES SPIEL: SÄULE OHNE STÜTZFUNKTION Früh gilt das Interesse des Künstlers der einzelnen, exzentrisch positionierten Säule auf dem zweiten Treppenabsatz, die wie eine isolierte Figur auf den breiten Stufen zu posieren scheint. Sie wirkt anders als die Nachbarstützen, die allesamt Pfeiler sind. Gerade in dieser Singularität verkörpert diese Säule kein System, sondern das Prinzip des Verspielten, sie fordert zum Herumgehen auf, ist letztlich selbst das Zentrum einer Kreisbewegung. Mehr und mehr tendiert die Überlegung Metzels vom Drehmoment einer weit ausholenden Geste zur konzentrierteren Form einer die Stütze enger umfassenden Ummantelung, das alte architektonische Motiv der Säule aufgreifend und überschreitend.

FALSE GAME: COLUMN WITHOUT SUPPORTING FUNCTION From early on the artist's interest is devoted to the singular, eccentrically positioned column on the second stairway that seems to pose on the broad steps like an isolated figure. It appears to be different to the neighbouring butresses, all of them being pillars. It is this singularity that makes this column embody not a system but the principle of playfulness; it tells you to go around it and is in itself the centre of a circular movement. Metzel's thoughts and ideas move away from the turning moment of a sweeping gesture and increasingly towards the concentrated form of a movement that cloaks the supporting column, fitting tightly around it, taking on the old architectural motif of the column and surpassing it.

In der Antike war die Säule Trägerin des Olymps und Ausdruck des Triumphs. Während der Romanik besaß sie eine wehrhafte Funktion, war Sinnbild für den Evangelisten und seine Aufgabe als „Miles Christi", aber auch für den Menschen schlechthin. Verzerrte Kapitellfratzen wehrten das Böse ab. Im Hochmittelalter wurde die Säule zur filigranen Energielinie, die auf schwindelnder Höhe ins Gewölbe mündet. Im Barockzeitalter schließlich artikulierte sie sich in eigenen Sphären als phantastisch überdrehtes Gebilde, als expressiver Gestus, welcher dem Architektonischen nicht selten in der Travestie begegnet. Vor allem in der Sakralarchitektur blieb die Säule immer Trennung und Verbindung zweier Welten, der irdischen und der transzendenten.

Having been the bearer of Olympus and an expression of triumph in antiquity, the Romantic era saw the column fulfilling a fortifying function, being a symbol for the Evangelist and his duty as "Miles Christi" but also for man himself. Distorted gargoyles warded off evil. In the High Middle Ages it became the filigreed line of energy merging into the inner dome at soaring heights before the Baroque era saw it articulate itself within its own spheres, as a fantastically twisted structure, as an expressive gesticulation that architecture frequently encounters in travesty. It was primarily in sacral architecture that the column continued to separate and link the two worlds, the earthly and the transcendental. In Metzel's sculpture all three principles of the column are united: the serving accompaniment, the opening and excess: "Musical Chairs" is a column of powerful, voluminous girth that appears capable of reaching to the skies. Nonetheless, its body is fractured and torn open; in the end it turns out to be scenery and drapery. And finally it seems to adhere to its own tectonic laws by being based on unstable ground, being the mere indication of a link to the ceiling – the symbolic sky.

In Metzels Plastik verbinden sich alle drei Prinzipien der Säule: das der dienenden Begleitung, das der Öffnung und das der Überschreitung: Die „Reise nach Jerusalem" ist vom Umfang her eine kräftige, voluminöse Säule, die den Himmel zu tragen vermag. Gleichwohl ist ihr Körper durchbrochen und aufgerissen, entpuppt sich als Kulisse und Draperie. Und schließlich scheint sie ihren eigenen tektonischen Gesetzen zu folgen, indem sie auf unsicherem Grund fusst und die Verbindung zur Decke - dem symbolischen Himmel - nur andeutet.

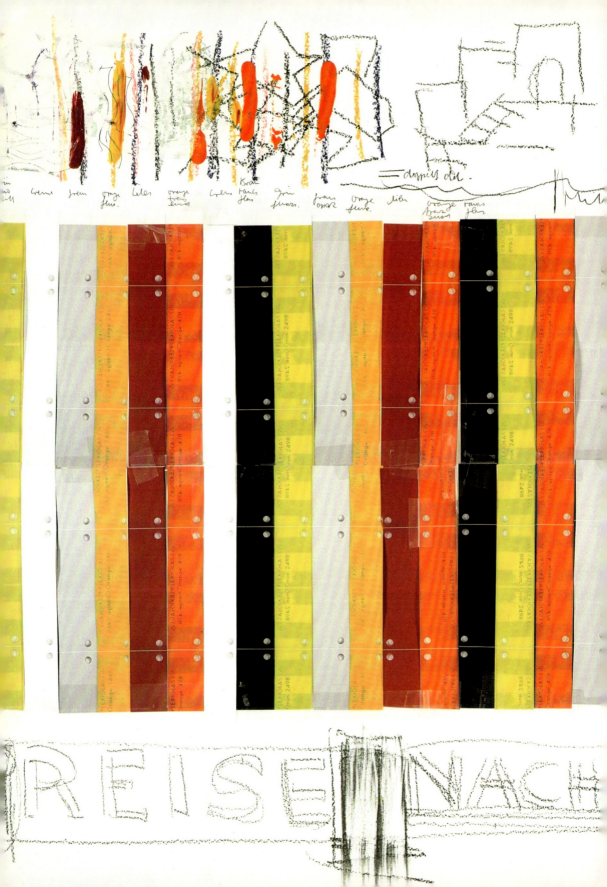

EINBEZIEHUNG UND AUSGRENZUNG Wer sich dem großen Säulengebilde auf der Treppe nähert, entdeckt, dass es innen einen Hohlraum ausformt, einen Bau im Bau. Was für ein merkwürdiges Ding zwischen Designerkapelle und Abstellkammer! Was zunächst wie ein Volumen wirkte, entlarvt sich nun als Fassade, eine Maske, mehr Schein als Sein. Die Plastik ist eine Hülle, ein Mantel für die exzentrische Säule, eine Art Vorhang, der verhüllt, eine Vergitterung,

INCLUSION AND EXCLUSION Anyone approaching the great pillar structure on the stairway will discover that it forms an inner hollow space, a structure within a structure. What a strange cross between a designer chapel and a closet! What at first appears to be voluminous is now exposed as a façade, a mask, mere pretence and appearance. The sculpture is a shell, a coat for the eccentric column, a kind of curtain that conceals, a grid that shields off and encloses. Having been tempted to come closer from down below, the visitor ascends only to be refused entry. Observers are turned from a group of insiders into those having been shut out. The sculpture defines inside and outside simultaneously. In the same way the anticipated relationship of bearer and burden becomes ambivalent; a clear architectural role is not discernable. "Musical Chairs" is revelation and refusal, seductive and at the same time hermetic.

die abschirmt und einschließt. Verführerisch hatte das Gebilde von unten dazu eingeladen näherzutreten, um oben den Zutritt zu verwehren. Die Betrachter macht sie von einer Gruppe von Insidern zu Ausgesperrten. Die Plastik definiert ein Innen und Außen zugleich. Ebenso wird das erwartete Verhältnis von Tragen und Lasten ambivalent, eine eindeutige architektonische Rolle ist nicht zu erkennen. Metzels „Reise nach Jerusalem" ist Offenbarung und Verweigerung, verführerisch und hermetisch zugleich. Von derartig chimärenhaftem Charakter kann die Plastik einerseits als integraler Bestandteil der Architektur gelesen werden - vergleichbar im Sakralbau

Sao Paulo (Memorial da América Latina von Oscar Niemeyer, 1989), 2002

einer Kanzel, Laterne oder Stütze –, sie behauptet sich aber auch als ein eigenständiger Bildraum und Gegenstand. Unterschiedliche Assoziationen an kulturelle Archetypen vom Altertum bis in die Moderne (Wachturm, Leuchtturm, Hochsitz) verknüpfen sich mit den Materialien und Vokabeln einer schnelllebigen Freizeitgesellschaft (Riesenrad, Karussell, Luna-Park, Werbeobjekt) und werden in neuen Zusammenhängen gedeutet. So könnte das Werk als eine Art

From such chimera-like character the sculpture can on the one hand be understood as an integral component of the architecture, comparable to the religious building of a pulpit, lamp or support, and yet it asserts itself as an independent image-field and as an object. A whole range of associations with cultural archetypes from antiquity right up to the modern age (watchtower, lighthouse, raised hide) link up to the materials and the vocabulary of a fast-moving leisure society (big wheel, carrousel, fairground, advertising object) and are

futuristisches Raumschiff auf Wunschvorstellungen und fundamentale Sehnsüchte der Menschheit verweisen, ebenso wie auf deren Unerreichbarkeit. Durch ihre Bezüge zur Design- und Architekturgeschichte bezieht die Skulptur gezielt die angrenzenden Bereiche der Kunst mit ein. Visionen mittlerweile legendärer Baumeister der Moderne (Erich Mendelssohn, Hans Poelzig, Frederick Kiesler,

thus interpreted within new contexts. The work could therefore be like a kind of futuristic spaceship referring to the wishful notions and deep fundamental desires of humanity, but also to their unobtainable nature. Through its references to design and art history the sculpture purposefully encompasses neighbouring domains of art. Modernist visions that are meanwhile considered legendary (Erich Mendelssohn, Hans Poelzig, Frederick Kiesler, Oscar Niemeyer) can be traced in this work along with utopian designs of the 1950's (George Nelson) or filmmakers (Ken Adam). The work can therefore be seen as a pan-disciplinary construction, as a pars pro toto for the demands of the four collections (art, graphics, design, architecture) that are housed in the Pinakothek der Moderne. The seven-metre-high sculpture resembles a conspicuously decked out figure coming down the stairs – whilst still appearing like a gigantic vessel, an object placed precariously close to the edge. Once again all observation causes a distinct feeling of uncertainty.

Oscar Niemeyer) finden in dieser Arbeit ebenso ihren Niederschlag wie Designutopien der fünfziger Jahre (George Nelson) oder Filmarchitektur (Ken Adam). Die Arbeit lässt sich somit auch als ein „überdisziplinäres" Gebilde lesen, als pars pro toto für den Anspruch der vier Sammlungen (Kunst, Graphik, Design, Architektur), welche die Pinakothek der Moderne beherbergt. Die sieben Meter hohe Skulptur gleicht einer auffällig herausgeputzten Figur, die die Treppe herabschreitet – und wirkt doch auch wie ein gigantisches Gefäß, ein Gegenstand, der gefährlich nahe am Abgrund abgestellt ist. Abermals löst die Betrachtung eine spürbare Verunsicherung aus.

Wien, 2000 (oben) // Sao Paulo (Memorial da América Latina von Oscar Niemeyer, 1989), 2002 (unten)

GESTAPELT UND WEGGESPERRT: DER PLASTIKSTUHL ALS EIN INSTRUMENT DES ÄSTHETISCHEN TERRORS Trotz seines Durchmessers von rund drei Metern ist das Innere des gralsartigen Gebildes nicht betretbar. Selbst wenn dies möglich wäre, es gäbe dort keinen Platz für Besucher. Denn der Innenraum ist voll - meterhoch angefüllt mit aufeinandergestapelten Monoblock-Plastikstühlen des Typs „Aurora" - eines Produkts, das Ausflugsrestaurants, Straßencafés und Open-Air-Veranstaltungen weltweit „ziert" und

STACKED AND LOCKED AWAY: THE PLASTIC CHAIR AS AN INSTRUMENT OF AESTHETIC TERROR Despite its diameter of around three metres the inside of the Grail-like construction cannot be entered. Even if were possible to do so there would be no room for visitors. The inside is full – filled up metres high with plastic monobloc chairs, type "Aurora", stacked on top of each other. "Aurora" is a product that "adorns" and swamps restaurants ventured to on outings, street cafes and open-air events worldwide. A designer model that is as global as it is banal, frightfully plain and simple but a highly successful international designer model – stacked away inside "Musical Chairs".

And yet, the chairs are not really stacked away for good; at the same time they are displayed and presented as though in a shrine, brought near but still not within reach. Once again this reflects the observed moment of seduction and temptation on the one hand and of withdrawal on the other, the parity of near and far.

überschwemmt. Ein globales wie banales, erschreckend schlichtes, aber international höchst erfolgreiches Designermodell ist in der „Reise nach Jerusalem" weggestapelt. Doch sind die Stühle nicht wirklich und endgültig weggeschlossen, denn sie werden gleichermaßen gezeigt und präsentiert wie in einem Schrein, nah herangeführt und doch nicht greifbar. Auch hierin spiegelt sich das beobachtete Moment von Verführung und Verlockung einerseits und von Entzug andererseits, die Parität von Nähe und Ferne.

Apropos Stühle: Gibt dieses Element nicht eine Antwort auf die Frage zum Titel der Arbeit? Ist nicht die „Reise nach Jerusalem" (im Angelsächsischen als „Musical Chairs" bekannt) ein Kinderspiel mit Musik und eben - Stühlen? Das Prinzip dieses Spiels beruht bekanntermaßen auf der Kreisbewegung um eine Reihe von Stühlen. Das abrupte Abbrechen der Musik zieht die Platzsuche der Mitspieler nach sich. Da es einen Stuhl weniger gibt als Spieler, muss je-

Concerning chairs: Does this element give an answer to the question of the work's title? Is "Musical Chairs" not a children's game with music and – well, chairs? It is well known that the principle of this game is based on a circular movement around a row of chairs. The abrupt stopping of the music calls on the players to find a seat. Since there is always one less chair than there are players, the one who cannot secure a seat has to leave the game. The game is continued until there is only one player left, and this player is the one sitting on the last remaining chair. The obvious message behind this game, i.e. driving away one's neighbour, defending one's own place, securing a seat and asserting oneself, is by no means retold in Olaf Metzel's art piece. The narrative form is at best radicalised. But more than this the rules of the game appear to have been invalidated. Not even the arrange-

weils derjenige, der keinen Platz mehr ergattern kann, ausscheiden. Das Spiel wird solange fortgesetzt, bis nur ein Mitspieler übrig bleibt und als Gewinner auf dem letzten noch vorhandenen Stuhl sitzt. Die naheliegende Botschaft dieses Spiels, nämlich den Nächsten zu verdrängen, den Platz zu verteidigen, sich hin- und damit durchzusetzen, wird allerdings in Olaf Metzels Kunstwerk keineswegs nacherzählt. Bestenfalls wird die Erzählweise radikalisiert. Aber viel eher scheinen die Spielregeln außer Kraft gesetzt zu werden. Schon die Anordnung der Stühle entspricht nicht den Vorgaben, denn es gibt keine Reihung der Stühle, sondern eine Aufstapelung. An diese Stühle ist definitiv kein Herankommen - und es stellt

595

60

680/1050

530

2002

sich die Frage, ob die Stühle überhaupt dazu gedacht sind, benutzt zu werden. Sind diese Stühle somit nur pro forma da, weil sich sowieso nur der eine, bereits längst Bekannte setzen darf? Fest steht jedenfalls, dass sich nur einer setzen kann. Und doch mag man am Glück dieser Situation Zweifel haben: Ist, wer sich hier setzt, unbedingt ein Gewinner? Wer hier fällt, fällt aus großer Höhe.

ment of the chairs complies with the common procedure; instead of being set up in rows they are stacked on top of each other. There is definitely no way of approaching the chairs, which leads to the question of whether the chairs are intended to be used at all. Are the chairs just there as a matter of form – because the person who is allowed to sit down is already well known? What is clear is that there is only room for one person to be seated. A degree of doubt can still be cast over the joy of this situation: Is the person who will sit down here really a winner? Anyone landing here will have to fall from a great height.

Ape, 1993

The rules of the same have therefore shifted, become unpredictable. But does not every rule have an exception? Can rules that were established at some time be relied on forever more? Are rules not constantly revised? Instead of the music that accompanies the game, rhythmic lighting flickers inside Olaf Metzel's spatial sculpture. A stroboscope light gener-

Die Spielregeln sind also verschoben, sind unberechenbar geworden. Aber gilt für jede Regel nicht auch mindestens eine Ausnahme? Kann man sich bis in alle Ewigkeit auf einmal vereinbarte Regeln verlassen? Werden Regeln nicht fortwährend neu geschrieben? Statt der Musik, die das Kinderspiel begleitet, zuckt im Innern der Raumplastik von Olaf Metzel eine Beleuchtung rhythmisch auf. Ein Stroboskop-Licht erzeugt einen kurzen Reflex, eine Minimalbewegung nur, die aber ausreicht, um eine Abweichung spürbar zu machen, die das Sehen irritiert und den Verstand entgleiten lässt.

Verunsichert wird der Betrachter über das, was er sieht. Auch die Schönheit der Plastik wird durch diesen Eingriff fragil, gefährdet. Ob die Irritation durch einen Wackelkontakt zu erklären ist, bleibt dem Betrachter verborgen - die seltsame Unterbrechung jedenfalls stellt das Vergnügen existentiell in Frage wie eine defekte Achterbahn auf dem Rummelplatz. Kann ich mich hier noch ohne Risiko hineinsetzen?

ates a short reflex, a minimal movement that is enough to make a deviation perceptible, one that disturbs our sight and causes our mind to slip. The observer is uncertain about what is visible. The very beauty of the sculpture is rendered fragile, even jeopardised by this intervention. Whether this disturbance is caused by a loose wire remains unknown to the observer – the interruption certainly casts existential doubt on the enjoyment of the game, rather like a faulty roller coaster at a fairground. Is it safe to sit down here? Seemingly born by lightness, the cheerful music emphasises the playful conduct with the inevitable game that inexorably leads to the loss of community. On the other hand, every round of the game produces another loser who can then join the other losers. This creates a new group that could theoretically form a new community. The circular movement still remains one direction without a goal or termination, and this means that finding a winner in "Musical Chairs" becomes a temporary, questionable affair.

Scheinbar getragen von Leichtigkeit betont die heitere Musik den spielerischen Umgang mit dem zwangsläufigen Spiel, das unaufhaltsam den Verlust an Gemeinschaft nach sich zieht. Andererseits gibt es bei jeder Runde des Spiels einen weiteren Verlierer, der sich zu den anderen Verlierern gesellt. Dadurch bildet sich eine neue Gruppe, die theoretisch eine neue Gemeinschaft bilden könnte. Die Kreisbewegung aber bleibt eine Richtung ohne Ziel oder Auflösung, und so ist auch die Ermittlung eines Siegers bei der „Reise nach Jerusalem" eine vorübergehende, fragwürdige Angelegenheit.

Pagode, 1996 (S. 49) // Kassel, 1994 (S. 50/51)

Interessanterweise bezieht sich der Titel des im 19. Jahrhundert erfundenen Spiels auf die Epoche der mittelalterlichen Kreuzzüge. Bekanntermaßen waren diese vom Ende des 11. bis zum Ende des 13. Jahrhunderts von der Kirche geförderte Feldzüge gegen Ungläubige und Ketzer mit dem Ziel der Ausbreitung und Wiederherstellung des katholischen Glaubens. Im eigentlichen Sinne aber waren es kriegerische Unternehmungen der abendländischen

Interestingly, the title of the game that was invented in the 19th century refers to the era of the medieval crusades. It is well known that these campaigns were lead against unbelievers and heretics from the end of the 11th until the end of the 13th century; they were endorsed by the church whose aim was to spread and restore the Catholic faith. Strictly speaking however, these were warlike ventures lead by Occidental Christianity to reconquer the Holy Land. The crusades saw the idea of pilgrimage and of the battle against the "heathens" merge with clear political, cultural and economic interests. The most gruesome of these missions can be seen in the Child Crusade of 1212. None of the children ever reached Jerusalem. Those who had not already died during the wearing journey were sold as slaves to Africa.

Christenheit zur Rückeroberung des Heiligen Landes. In den Kreuzzügen verband sich der Gedanke der Pilgerfahrt und des Kampfes gegen die „Heiden" mit klaren politischen, kulturellen und wirtschaftlichen Interessen. Das grausamste Aufgebot für diese „Mission" bildete der Kinder-Kreuzzug von 1212. Keines der Kinder hat Jerusalem je erreicht. Die, die nicht bereits auf der strapaziösen Reise starben, wurden als Sklaven nach Afrika verkauft.

Reise nach Jerusalem (Detail), 2002 // Im Grünen, (Detail), 2002 // Installation Kokerei Zollverein Essen, 2001 (S. 54/55)

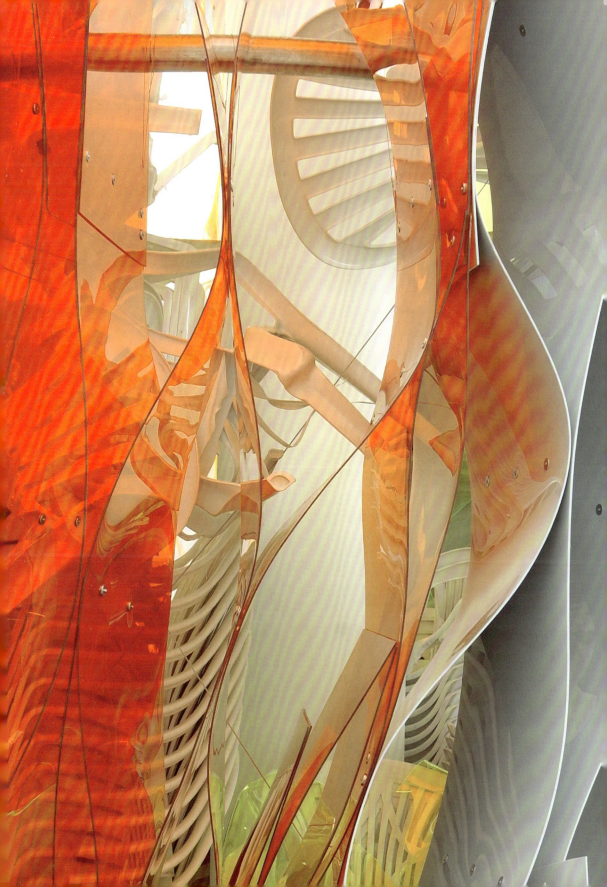

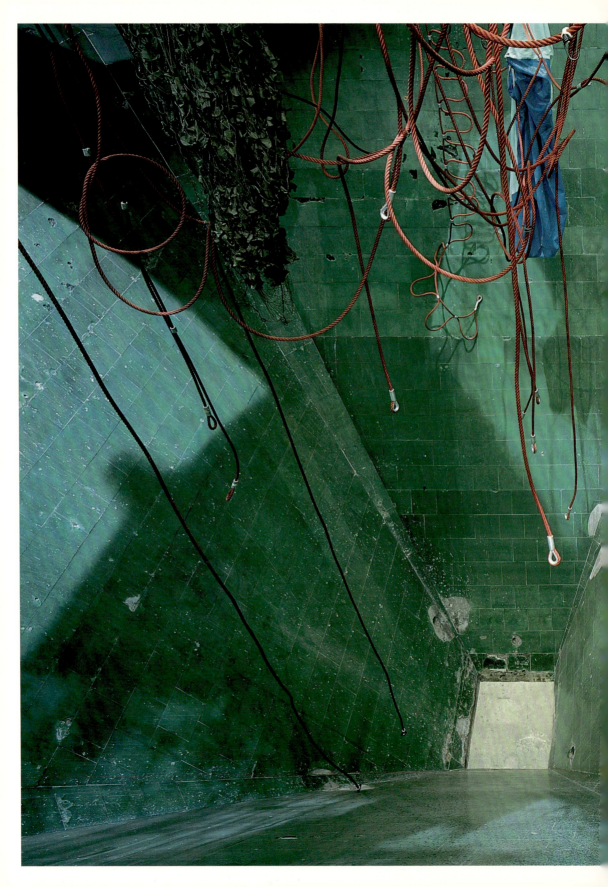

DESTRUKTION UND DEKOR Bei der „Reise nach Jerusalem" wird nicht nur das scheinbar klar und eindeutig definierte Regelsystem des Spiels unterlaufen. Auch die Oberflächenstruktur ist buchstäblich einem Prozess der Störung unterworfen. Während die Außenhaut der Plexiglas-Elemente in den Zonen des „Sockels", des „Schafts" und des „Kapitells" verbogen ist - an manchen Stellen schwächer, an manchen stärker -, sind im Innern der Skulptur einzelne Stühle offenbar durch Hitzeeinwirkung verformt und zum Teil sogar miteinander verschmolzen. Diese Deformation der Stühle lässt an Aggression denken, an die bildliche Umsetzung des Spielverlaufs, den Kampf um den Stuhl. Der Begriff der Kernschmelzung kommt einem in der Sinn, die das Innere eines Gehäuses hat weich werden lassen

DESTRUCTION AND DÉCOR In "Musical Chairs" not only is the seemingly clear and unmistakably defined system of rules undermined. Even the surface structure is literally subjected to a process of disturbance. While the outer-skin of Perspex elements in the zones of the "plinths", of the shaft and of the "capital" is concealed – faintly in some places and more strongly in others – some of the chairs inside the sculpture clearly seem to have become deformed through exposure to heat, some even having melted into each other. This deformation of the chairs is reminiscent of aggression, of the figurative implementation of the game, the battle for the chair. The idea of nuclear fusion comes to mind, one in which the interior of a shell has been softened and the destruction has gone from the inside outwards. But the chairs blending into each other is also an effect of energy which itself produces more energy, causing what has stiffened to flow again and assisting what is formless to achieve its object as an hallucinatory element and fantastic power.

und die Zerstörung von innen nach sich zieht. Aber das Verschmelzen ist auch eine Energieeinwirkung, die wiederum Energie erzeugt, die das Erstarrte fließen lässt und dem Formlosen als halluzinatorisches Element und phantastische Kraft zu seinem Recht verhilft.

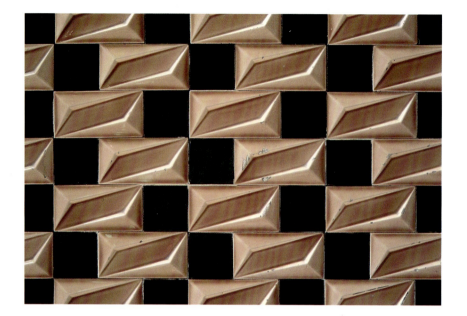

Im Schaffen von Olaf Metzel ist das Verformte und Beschädigte eine Konstante. Wo das Regelmaß entgleist, ist der Bildhauer zu Hause. Voraussetzung seiner Destruktionen und Deformationen ist stets die Erwartung eines optischen Ideals, des Berechenbaren, auf das er präzise abzielt, um ein differentes Schönheitsideal zu erschaffen. Das Dekor (von lat. „decorum", „das Geziemende") erfährt bei Metzel eine unmissverständliche Absage, eine klare,

The distorted and damaged is constant in Olaf Metzel's work. Wherever the rule of order is disrupted the sculptor is at home. A requirement for his destructions and deformations remains the expectation of an optic ideal, of the predictable that he precisely aims at in order to create a different ideal of beauty. The décor (coming from decorum, "the befitting") suffers an unambiguous rejection in Metzel's work, a clear, distinct review, just as the ornamental is questioned and reinterpreted as decoration, i.e. decorative.

deutliche Revision, wie auch das Ornamentale als das Schmucke bzw. Schmückende hinterfragt und neu interpretiert wird.
Die gestapelten und verschmolzenen Stühle in der „Reise nach Jerusalem" sind als eine Metapher zu lesen, die sich unmittelbar auch auf politische Systeme und soziale Situationen, Strukturen und

The stacked and melted, intermingled chairs in "Musical Chairs" are to be read as a metaphor that can be applied to political systems and social situations, structures and mechanisms. Who does possess a chair? To whom will one be allocated – and who will still have it tomorrow? Who is allowed to take a seat, and who may remain seated? Some chairs are occupied for decades; some will be vacated by tomorrow. A chair always resembles an exposition, signalling exposure (see: Kathedra); it can also be a pillory.

The context of moderation and excessiveness, of construction and destruction becomes evermore questionable; the comparison of the artwork with the architecture described

Mechanismen übertragen lässt. Wer besitzt einen Stuhl? Wem wird einer zugewiesen - und wer hat ihn auch noch morgen? Wer darf sich setzen, wer sitzen bleiben? Manche Stühle sind auf Jahrzehnte besetzt, manche schon morgen leer. Ein Stuhl gleicht immer einer Exposition, signalisiert Exponiertheit (Kathedra), kann aber auch ein Pranger sein.

Immer fragwürdiger und undurchsichtiger wird der Zusammenhang von Maß und Maßlosigkeit, von Konstruktion und Destruktion;

at the beginning becomes increasingly obvious and clear, rendering the visual association with the ideal of the cathedral discrepant and finally a sham. Whilst the theme of the medieval interior, but also of a modern one (such as with Frederick Kiesler and Walter Gropius), was still its ultimate opening, Metzel's sculpture is about the very visualisation of the contrary that is immanent to the opening, i.e. the conscious closure, the hermetic of

Coimbra (Teatro Avenida Galerias), 2002 (S. 61) // Reise nach Jerusalem, 2002, Modelle (S. 60, 62, 63), Detail (S. 64/65)

61

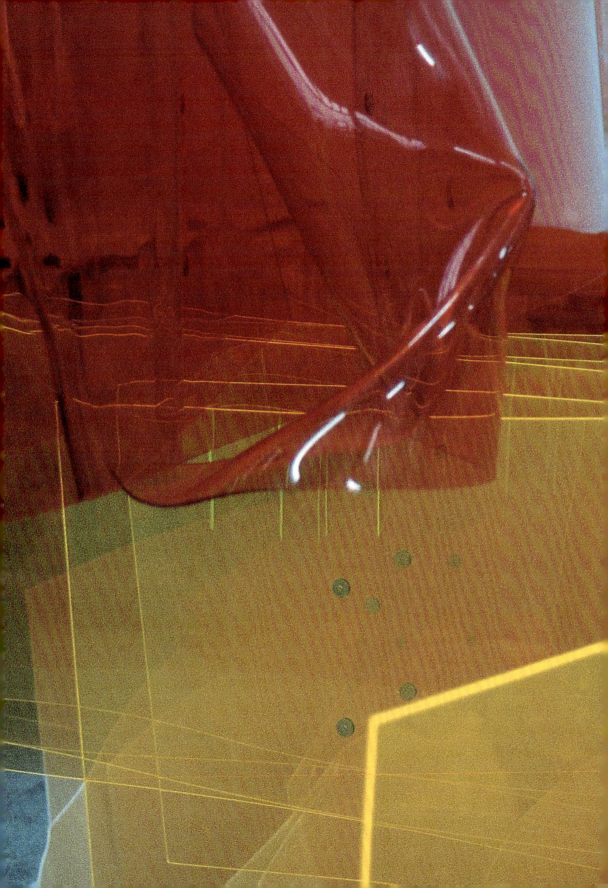

immer offensichtlicher und deutlicher klafft der eingangs beschriebene Vergleich des Kunstwerks mit der Architektur, lässt den Gleichblick auf das Kathedralenideal diskrepant werden und schließlich schief erscheinen. War das Thema des mittelalterlichen Innenraums, aber auch des modernen (etwa bei Frederick Kiesler und Walter Gropius), noch dessen ultimative Öffnung, geht es bei Metzels Plastik gerade um die Sichtbarmachung des der Öffnung immanenten Gegenteils, nämlich das bewusste Verschließen, die Hermetik

an inner sphere. The system with its strict and limiting rules thus acquires a new dimension; it is given a chance to move beyond what it itself defines. Nothing is merely evil, nothing merely good, nothing merely beautiful, nothing merely ugly. Nothing is merely high (or sublime), nothing merely low (or trivial). Consequently, the description of the artwork as a "carnival festoon", as the culture editor of the SPIEGEL magazine put it, is appropriate. That is exactly what the sculpture looks like. Only this is not a festoon that has been put up in celebration but a garland that hangs down, sags even. What is actually being celebrated here? Has the party begun yet? Or have we arrived too late – and the party finished a long time ago?

eines Binnenraums. Dem System mit seinen strikten Regelgrenzen wird damit eine neue Dimension eröffnet und die Chance gegeben, sich jenseits dessen zu bewegen, was es zu definieren hat. Nichts ist nur böse, nichts nur gut, nichts nur schön, nichts nur häßlich. Nichts ist nur high (oder erhaben), nichts nur low (oder trivial). Und so ist die Beschreibung des Kunstwerks als eine „Faschingsgirlande", die der Kulturredakteur des SPIEGEL liefert, zutreffend. Genau so sieht die Plastik aus. Nur das dies kein feierlich gespannter Feston ist, sondern eine Girlande, die schlapp nach unten hängt. Was wird hier eigentlich gefeiert? Hat das Fest schon begonnen? Oder sind wir am Ende zu spät gekommen - und die Party ist längst zu Ende?

Early morning (nach Edward Bond), Detail, Schauspiel Köln, 1996 (S. 67) // Reise nach Jerusalem, 2002, Aufbau (s. 68/69)

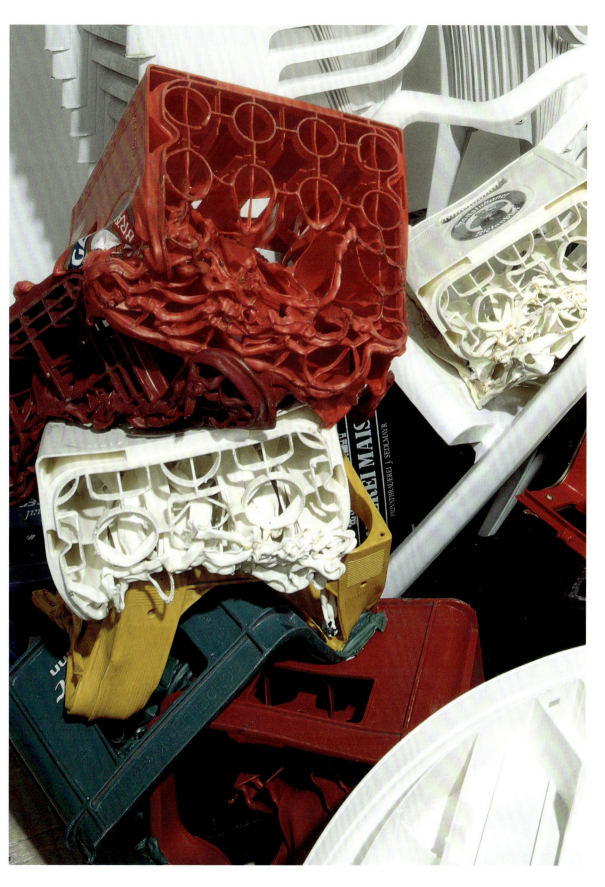

AUSGELASSENHEIT UND GEFÄHRDUNG Im September 1972 rich-
teten sich alle Augen der Welt nach München, dem Austragungsort
der XX. Olympischen Spiele. Die spektakuläre, utopistische Architektur der Sportstätten und zahlreiche urbanistische Erneuerungen
(vor allem das neue U-Bahnsystem) bildeten die farbenfrohe und
optimistische Kulisse für die „Heiteren Spiele", die das Naziregime
und die Olympiade von 1936 endgültig vergessen machen sollten.
Doch als am elften Spieltag acht Palästinenser im israelischen Mann-

EXUBERANCE AND ENDANGERING In September 1972 all eyes of the world were focused
on Munich, the venue of the twentieth Olympic Games. The spectacular, utopian architecture of the sports grounds along with numerous urban renewals (particularly the new
underground railway system) formed the colourful and optimistic stage for the "Happy
Games" that should cause the Nazi regime and the Olympics of 1936 to be forgotten for
good. When eight Palestinians then killed two sporting participants in the Israeli team
compound and took nine more hostage before also killing them later, the greatest sporting event in the world had all at one become a secondary theatre of war for the Israeli-
Palestinian conflict. Although the competitions were continued the following day, the
"Happy Games" were certainly over.

schaftsquartier zwei Sportler getötet und neun von ihnen als Gei-
seln genommen hatten, die später ebenfalls ums Leben kamen,
war die größte Sportveranstaltung der Welt mit einem Schlag zu
einem Nebenkriegsschauplatz des israelisch-palästinensischen
Konflikts geworden. Die Wettkämpfe wurden zwar am nächsten
Tag fortgesetzt, doch die „Heiteren Spiele" waren zu Ende.
Das Attentat auf die Olympiade von 1972 hat tief sitzende indivi-
duelle und kollektive Traumata erzeugt. Vergleichbare Terrorakte
haben sich seither immer wieder auch an anderen Schauplätzen
der Welt ereignet. Sprengstoffanschläge auf Volksfesten und

Ferieninseln oder die Geiselnahme in einem Musicaltheater-gemeinsam ist solchen Ereignissen der vollkommen unerwartete Einbruch existenzieller Bedrohung in einen Zustand der ahnungslosen Zerstreuung. Es ist der Zusammenprall größtmöglicher Gegensätze, die Gleichzeitigkeit von Geborgenheit und Katastrophe, von Sorglosigkeit und Todesahnung, die im Menschen die größte Verwirrung auslöst und die Psyche irreversibel belastet.

Auch die vordergründige Harmlosigkeit und Heiterkeit der Raumplastik „Reise nach Jerusalem" spiegelt zwei für das menschliche Wesen letztlich unvereinbare Bereiche. Einerseits wird eine freudige Ausgelassenheit suggeriert, die sich in der Verführung und einem in Aussicht gestellten Gewinn äußert. Auf einer zweiten Ebene jedoch kommen die Kehrseiten des letztlich grausamen Vergnügens zum Vorschein: Gefahr und Verlust der sicheren Existenz bohren sich ins Bewusstsein, das Scheitern drängt sich als Hürde auf, und die schwierige, immer wieder neu gestellte Lebensaufgabe,

The attack on the Olympic Games in 1972 created individual and collective traumata that lie deep. Comparable acts of terrorism have repeatedly occurred since then in other parts of the world. Bomb attacks at public festivals and on holiday islands or the hostage-taking in a musical theatre – what all of these events have in common is an existential threat that causes a completely unexpected breakdown leading to a state of blind confusion. It is the confrontation of the greatest possible contrasts, the simultaneity of security and catastrophe, of carefreeness and the anticipation of death that provokes the greatest confusion in people, leaving an irreversible strain on the mind.

Even the superficial harmlessness and cheerful nature of the sculpture "Musical Chairs" reflects two spheres that remain ultimately incompatible for the human mind. On the one hand a joyful exuberance is suggested, which is expressed by means of seduction and the deliberate prospect of winning. On a second level, however, the reverse sides of what amounts to gruesome enjoyment are revealed: Danger and loss of a secure existence

112 : 104, 1991, und Auf Wiedersehen, 1996, Installation Institut Mathildenhöhe Darmstadt, 2001

Drehkreuz, 1991. Installation Frankfurter Kunstverein, 2002

sich zu orientieren und zu positionieren fordert Auseinanderset-
zung. Die permanente Unruhe, das Schwanken zwischen dem
Sich-setzen-Wollen und dem Sich-nicht-setzen-Können bzw.
Sich-ständig-bewegen-Müssen, wirkt wie eine Dauererregung, die
es nicht erlaubt, das Bewusstsein zu sedieren und zu betäuben.
Metzel schafft mit seiner „Reise nach Jerusalem" eine höchst ak-
tuelle komplexe Bildmetapher für eine fragile kulturelle und gesell-

bore their way into the consciousness, failure imposes itself as a hurdle and then comes
life's difficult task that is constantly renewed and demands to be dealt with – to find one's
way and to position oneself. The permanent unrest, the hesitation between wanting to
take a seat and not being able to or constantly having to move around appears to be a
long-term excitement that does not allow for the mind to be sedated and numbed.
In his "Musical Chairs" Metzel creates a complex image metaphor of great current rele-
vance for cultural and social conditions in which he cites traditional topoi, which he then
reshapes. The starting point remains the real place, reality as it is experienced. This is
then rendered unfamiliar in an abstracting, aesthetic manner, and yet it remains a sculp-
tural situation that can be experienced physically and through the senses. It throws open
political questions and touches on social problems that it literally places before us, and yet
it will not and cannot answer them.

schaftliche Situation. Dabei beruft er sich bewusst auf traditionelle
Topoi, die er umformt. Ausgangspunkt bleibt der reale Ort, die er-
lebte Wirklichkeit. Diese wird zwar auf eine abstrahierende, äs-
thetische Weise verfremdet, bleibt aber als plastische Situation
physisch-sinnlich erfahrbar. Die politischen Fragen, die sie auf-
wirft, die sozialen Probleme, die sie anklingen lässt und buchstäblich in den Raum stellt, will und kann sie nicht lösen.

Reise nach Jerusalem, 2002, Aufbau (S. 78/79)

OLAF METZEL 1952 geboren in Berlin // born in Berlin. Lebt in // lives in München.

Einzelausstellungen (Auswahl) // Selected Solo Shows: 1982 Kunstraum München (K) 1984 daad galerie, Berlin (K) 1985, 1989, 1991 Galerie Fahnemann, Berlin (K) 1989 Galerie Rudolf Zwirner, Köln (K) 1990 Westfälisches Landesmuseum für Kunst und Kulturgeschichte, Münster (K) 1990, 1994, 2001 Produzentengalerie Hamburg (K) 1992 Kunstverein Braunschweig (mit Ulrich Görlich) (K) / Hamburger Kunsthalle (K) / Staatliche Kunsthalle Baden-Baden (K) 1994 Kasseler Kunstverein 1995 daad galerie, Berlin (K) / Kunstverein Ludwigsburg (K) 1996 Brandenburgische Kunstsammlungen Cottbus (K) / Städtische Galerie im Lenbachhaus, Kunstbau, München (K) / Wilhelm Lehmbruck Museum, Duisburg (K) 1998, 2002 Galerie Bernd Klüser, München 1999 Villa Arson, Nizza (K) / Haus am Waldsee, Berlin (mit Christina Iglesias) (K) 2000 Museum für Angewandte Kunst, Köln (K) 2001 Institut Mathildenhöhe Darmstadt (K) 2002 Kunstraum München (mit Günther Förg) // K=Katalog // Catalogue

Ausstellungsbeteiligungen (Auswahl) // Selected Group Shows: 1982 Videokunst in Deutschland 1963-82, Kölnischer Kunstverein u.a. 1984 The 5th Biennale of Sydney / von hier aus, Düsseldorf 1985 1945-85 Kunst in der Bundesrepublik Deutschland, Nationalgalerie Berlin 1986 Jenisch-Park Skulptur, Hamburg 1987 Sculptures and Paintings, ICA, London / Berlinart 1961-1987, Museum of Modern Art, New York u.a. / documenta 8, Kassel / Skulptur. Projekte, Münster 1988 Zeichnungen der Moderne, Kupferstichkabinett Berlin / Open-Air Sculpture, Olympia Park, Seoul 1989 Per gli anni novanta, PAC Mailand / Blickpunkte, Musée d'art contemporain de Montreal / In Between and Beyond: From Germany, The Power Plant, Toronto / International Istanbul Biennal, Istanbul 1990 The 8th Biennale of Sydney 1991 Metropolis, Martin-Gropius-Bau, Berlin 1992 Sammlung Block, Statens Museum for Kunst, Kopenhagen u.a. 1994 The Day After Tomorrow, Centro Cultural de Belém, Lissabon / Burnt whole, Washington Project for the Arts und ICA, Boston 1995 4th International Istanbul Biennal 1996 Face à l'Histoire, Centre national d'art et de culture Georges Pompidou, Paris 1997 Skulptur. Projekte in Münster / Deutschlandbilder, Martin-Gropius-Bau, Berlin 1998 Arte all'Arte, San Gimignano u.a. 1999 Dream City, Museum Villa Stuck, München / Das XX. Jahrhundert, Hamburger Bahnhof, Berlin 2000 Dinge in der Kunst des XX. Jahrhunderts, Haus der Kunst, München 2001 Plug in, Westfälisches Landesmuseum Münster 2002 non-places, Frankfurter Kunstverein / 25. Bienal Sao Paulo / The Starting Line, Pinakothek der Moderne, München

83

ABBILDUNGEN // ILLUSTRATIONS

Reise nach Jerusalem // Musical Chairs, 2002

Plexiglas, Aluminium, Plastikstühle, Stroboskop, Höhe: 720 cm

Pinakothek der Moderne, München

Ermöglicht durch die Burger Collection

(Umschlag: Detail; S. 4/5; 36/37: Detail; 64/65: im Aufbau; 68/69: im Aufbau;

78/79: im Aufbau; 80/81: im Aufbau; 53: Detail; 84/85)

Modelle // Models 2002

1:100, Capaline, Holz, Acrylglas, Kunststoff, 39 x 31 x 20 cm (S. 10)

1:50, Capaline, Farbe, Kunststoff, Aluminium, Plexiglas, 41 x 30 x 30 cm (S. 61)

1:10, Kunststoff, Plexiglas, Holz, Messing, Farbe, 115 x 120 x 90 cm (S. 62/63)

1:2, Kunststoff, Maße variabel (S. 62/63)

Zeichnungen // Drawings

Rotunden, 2002, Tinte, Filzstift auf farbigem Papier, 21 x 15 cm (S. 9)

Skizzenblatt (Doppelformen), 2000, Bleistift, Farbstift, Filzstift, Kugelschreiber auf Papier,
70 x 100 cm (S. 14/15)

Skizzenblatt, 2002, Bleistift, Farbstift, Pastellkreide, Kugelschreiber, Tinte auf Papier,
61 x 86 cm (S. 16/17)

Kugelform, 2002, Bleistift, Farbstift, Pastellkreide, Acryl auf Papier, 70 x 100 cm (S. 18/19)

Du und Du nicht, 2000, Bleistift, Farbstift, Filzstift, Farbspray auf Transparentpapier,
109 x 146 cm (S. 20/21)

Tapete, 2002, (Detail), Tusche, Pastellkreide, Acryl auf Computerprint, 220 x 137 cm (S. 22/23)

Farbmuster, 2002, Bleistift, Farbstift, Filzstift und Folie auf Computerprint, 76 x 110 cm (S. 24/25)

Reise nach Jerusalem, 2002, Bleistift, Farbstift, Acryl auf Papier, 61 x 68 cm (S. 26/27)

Farbfolgen, 2002, Bleistift, Farbstift, Acryl, Collage auf Papier, 68 x 119 cm (S. 30/31)

Hocker, 2002, Bleistift, Farbstift, Collage auf Papier, 29,6 cm x 21 cm (S. 45)

Pagode, 1996, Bleistift, Farbstift, Tusche auf Papier, 57 x 76 cm (S. 49)

IMPRESSUM // IMPRINT

Herausgeber // Edited by: Bayerische Staatsgemäldesammlungen,

Pinakothek der Moderne, München

Konzeption // Concept: Bernhart Schwenk

Gestaltung // Design: Schmid.Widmaier Grafik-Design, München

Übersetzung // Translation: Kayvan Rouhani, Berlin

Gesamtherstellung // Production: Peschke Druck, München

Verlag Silke Schreiber, München, ISBN-Nr.: 3-88960-065-4

© 2003 Pinakothek der Moderne und der Künstler

© 2003 für die Abbildungen VG Bild-Kunst Bonn

BILDNACHWEIS // PHOTO CREDITS

AP: S. 70

Fritz Barth, Stuttgart: S. 33

dpa: Vor- und Nachsatz

Sybille Forster, Bayerische Staatsgemäldesammlungen: Umschlag, S. 68/69, 78/79, 80, 81, 84/85

Mario Gastinger, München: S. 9, 14/15, 16/17, 18/19, 20/21, 24/25, 26/27, 30/31, 45, 49

Rainer Graefe, Stuttgart: S. 56

Roman Mensing, Münster: S. 54/55

Constanze Metzel: S. 82

Olaf Metzel: S. 4/5, 6, 10, 22/23, 34, 35, 36/37, 39, 40, 42/43, 46, 47, 50/51, 53, 58, 59, 60, 61, 62, 63, 64/65, 67, 72/73, 75, 76

DANK AN // THANKS TO

Monique und Max Burger

und für die Mitarbeit beim Aufbau der Skulptur: Christian Engelmann, Vincent Facio,

Stefan Hering, Alexander Laner, Simon Müller, Michael Schrattenthaler, Martin Schmidt,

Marcel Tyroller